손바닥선인장

손바닥선인장

2021년 12월 31일 초판 1쇄 발행
ISBN 979-11-6867-000-6 (03810)

지은이	강은미
펴낸곳	한그루
출판등록	제6510000251002008000003호
펴낸이	김영훈
편집인	김지희
디자인	나무늘보, 부건영, 이지은
마케팅	강지인

주소	제주특별자치도 제주시 복지로1길 21
전화	064-723-7580
전송	064-753-7580
전자우편	onetreebook@daum.net
누리방	onetreebook.com
페이스북	www.facebook.com/1treebooks
인스타그램	www.instagram.com/onetree_books

이 책은 제주특별자치도, 제주문화예술재단의
2021년도 문화예술지원사업의 후원을 받아 발간되었습니다.

값 10,000원

한그루 시선

강은미 시집

손바닥선인장

한그루

시인의 말

밤새
시클라멘이 심장을 오려
입술을 빚었다.

꽃잎의 가장자리
톱니에 걸린 그의 말을
받아쓰는 나는,

받침이 자꾸 틀려
오금이 저려온다.

이해받지 못한
꽃들에게 미안하다.

1부 눈의 노래

2부 여름의 지문

3부 손바닥선인장

4 튼튼한 하루

1부

눈의 노래

눈의 노래

눈 쌓인 거친오름
잡목숲을 지난다

방금 지나간 노루
발자국 위로 깃털 한 점

다급한 그날 그때의
유서 같은 증명이다

앞서 간 사람도 뒤따르는 사람도
뽀드득 뽀드득 제 발소리에 놀라며
차라리 비바람 치는 폭야가 그리웠으리라

눈이 내린다는 것
그것은 공포다

숨소리에도 눈은 녹아
동굴 속 폐부가 환히 드러나면

기필코 눈 뜬 자들은 살아 나가지 못했으리라

알아차림

내 나이만큼 길어진 말꼬리의 비늘
밥 한번 먹자는 말은 반만 진실이다
새들은 걸어다니고 꽃은 밤에 운다
맥락 없는 문장에 머리가 하얗게 센다
음소거를 해제한 식당 밤의 웅성거림
칸막이 너머의 뒤겸, 너의 목소리 들려

열아홉 외딴 방

새벽 빗방울이 함석지붕을 때리는 밤

정수리에 꽂히는 대못의 아픔만큼 외딴 방 고독의
깊이가 톡톡 튕겨 오른다 가난한 당신 가슴에 등
불이 되겠다고 일기장 서문에다 또박또박 새겨놓
은 열아홉 사기 조각이 살갗에 와 박히고, 궷드르
그 길에서 부르트던 까만 발바닥은 자꾸만 미끄러
져 눈 뒤집힌 검은 고무신 그도 배가 고팠다 시였
고 눈물이고 빛이고 역사였을 나의 발바닥은 또
하나의 길이었네 온전한 삶의 무게로 이곳까지 끌
고 온 순수의 날개를 달고 "살자! 살자!" 살자던,
푸념은 오랠수록 그 효력이 짧다더니,

새벽녘 새 한 마리가 처마 밑을 깨운다

15

새벽 미사

달빛 내린 마을에는 숨죽인 서사가 우글거려
담벼락 넘나들며 구애하던 고양이들은
불임의 날들을 견디며 말없이 늙어가네

뜬눈으로 지새우던 새들은 그만
삼교대 야간근무에 깃털을 씻지 못하고
오백 년 팽나무 한 평 전세보증금을 털어내네

집과 집 사이 담과 담 사이 바람의 잇몸이
야윈 목숨 하나 잘근잘근 씹어댈 때
저 멀리 달의 계단에서 신발 하나 닻을 내리네

죽음의 연대기 · 1

-동행

당신의 촉수는 제 태어난 바다의 주소
중심을 향해 꼬리 지느러미 구부렸다 오므렸다
뜻 모를 화살받이의 운명을 경계했다

세상의 바람은 거울 속 마네킹 같아서
말 없는 저항에 눈꼬리 살짝 내리고
과녁은 자신을 향해 화살촉 겨누었다

이미 당신을 떠난 팽팽한 시위는
아뿔싸, 도로 자신에게 적중이다 I'm ok
네게 줄 마지막 호의는 너와 함께 춤을

죽음의 연대기 · 2
-관성의 법칙

당신은 자주 내게 거짓말을 했어요

출근길 광양로터리 신호등 앞에서
당신은 내게 전화했어요
-죽고 싶어

밀크커피 속 프리마가 하얗게 번질 때
당신이 내게 전화했어요
-살고 싶어

애인이 내 전화를 받지 않아 불안해할 때
당신이 내게 전화했어요
-죽여버리고 싶어

처음 산 구두를 신고 면접실에 앉았을 때

당신이 내게 속삭였어요

-원룸 임대 계약 끝나

당신은 거짓말처럼 여기 없고 나만 커피를 타

죽음의 연대기 · 3
-발가락이 닮았다

두 번째 발가락이 길다는 인연으로
당신과 내가 한방에서 삼십 년 살았을까?
그 후로 이십 년 난 당신을 잊고 있었어

죽는 게 차라리 나아 죽는 게 차라리 나아
습관처럼 나는 당신에게 말했지
나에겐 울창한 숲이 필요했고 당신에게 없는

나무가 자라 새를 낳고 새가 알을 품고
꽃이 피어 진드기가 붙고 진드기가 나를 잡아먹고
죽는 게 차라리 나아 죽는 게 차라리 나아

밤마다 발을 씻으며 나에게 말해
누군가 죽어서 이 발가락은 태어난 거야
당신의 코 고는 소리가 무덤에서 들려

죽음의 연대기 · 4
-주검의 택배

고등어 택배처럼 낯선 주검이 배달됐다
뱃머리에 박힌 두 눈알은 여전히 나를 바라보고
등 푸른 서른아홉 생이 영안실 좌판 위에 누웠다

음력 이월 이일 생일밥 겨우 한 술 뜰까 말까
응고된 입 크게 벌린 채 너덜너덜한 가슴 움켜쥐고
바다는 너의 흘린 땀 아는지 모르는지

양마단지 흙탕 길에서 너는 헤엄을 쳤지

궷드르 초가지붕에서 굼벵이처럼 기었지

한사코 달려드는 바위
파도처럼 콱 깨물지 그랬어

죽음의 연대기 · 5

-중독된 사랑

스물하나 가고파 미용실 견습생 시절에
오토바이 탄 사내가 흘깃, 자꾸 나를 쳐다봤어
마지막 빗자루 타고 그의 허리를 꽉 붙잡았어

교통순경이 우리를 불렀어
-하이바 안 쓰셨네요
-여름은 너무 더워요 땀띠는 진절머리 나요

주인 떠난 빈집 헛간에서 콧등에 모기가 윙윙, 철
순이가 나를 덮쳤어 그건 그런대로 괜찮은 아이스
크림 맛, 멜론 맛보다 조금 낯선 그런 밤이었지 일
어나 보니 개새끼가 토끼고 말았어 주인언니한테
지난달 월급 삼십만 원 부쳐달라고 전화를 했어
-너 이 쌍년이 버르장머리 없이 너 같은 년한텐 한
푼도 못 줘 이 거지 같은 년아

할 말 없더라 난 거지니까 거지는 거지끼리 붙어

먹는 거잖아? 에라 모르겠다, 난 아이를 덜컥 낳고
말았어 아이 아빠가 누군지는 확실치 않아 분명한
건 내가 아이 엄마라는 거지 그게 뭐 어때서? 난
거지 엄마가 된 거지 뭐 세상 천지가 다 거지들이
야 너나 나나 한통속이지 근데 아이가 울어 젖 달
라고 울어 젖이 안 나와 그래도 울어 젖은 빌릴 수
없으니 광 팔러 갔지
  -광 사세요 광 사세요 아니면 팔아주세요

그 남자 되게 비싸게 보여 금목걸이 쌍피로 걸고
콧노래를 자꾸 흥얼거려 그대의 싸늘한 눈가에 고
이는 이슬이 아름다워 글쎄, 내 눈이 이슬처럼 아
름답대 하염없이 바라본대 굳이, 휴, 초록 담요에
아이 얼굴이 자꾸 어른거려 우윳값만 벌자고 한
건데 우윳값을 자꾸 잃어
  -외로운 사람끼리 아 만나서 그렇게 또 정이 들고
어차피 인생은 빈 술잔 들고 취하는 것

23

둘째는 그놈의 성이 맞을 거야 비 오는 날 부추전
에 막걸리 한잔 그놈한테 바치는데 글쎄 어떤 년
이 와서는 내 머리챌 붙잡는 거야
 -이런 거지 같은 년이 누굴, 안 놔?
글쎄 그년이 갑자기, 무릎 꿇고 싹싹 비는 거야
 -제발, 우리 애아빠 보내주세요. 아이가 울어요
애 하나가 무릎 하나 구부리고 걷는 거야 절뚝절
뚝 지 엄마 바짓가랑이 뒤에 숨어서 콧물 찔찔 흘
리면서 짜는 거야
 -살려주세요 살려주세요

내가 그랬어 아버지 집 나가고 읍내 어느 술집에
서 두 집 살림 차렸다고 할 때 엄마 쥐약 먹고 죽
는다고 할 때 오줌 누러 나왔다가 돌담에 할머니
쓰러졌을 때 달이 휘영청 너도밤나무 곁을 지날
때 굴묵 지피다 집 다 태웠을 때
 -살려주세요 살려주세요

쉰여섯이야 나 살았으면 미장원 차리고 남았지
둘째가 나를 쫓아왔대 아직 못 만났어
가슴은 아직 그대로야 이제 젖 먹여야지

얼음땡

문득, 나와 함께 얼음땡놀이 하고 싶다
한 번도 술래는 나를 잡지 않고
땡땡땡 고삐 풀린 망아지처럼 달려와

만월의 달 그림자 아래서 하마터면
들개와 함께 줄행랑을 칠 뻔했다는,
손가락 나무 그림자에 놀란 토끼의 눈

너무 빨리 뛰면 얼음
너무 느리게 물러서면 땡
하늘 땅 소금쟁이 두려워하지 않는

조금은 외롭고 황홀한 그림자이고 싶다

카프카를 읽는 밤

당신의 문장이 고픈 날엔 도서관에 들러
당신이 침 흘리고 간 그 면을 찾아봐요
지긋한 당신의 흔적 눅눅한 곰팡이로 피고

갓 구운 크로와상처럼 당신의 문장은 자꾸 부서져
요 손가락으로 꾹꾹 눌러 점 하나까지 꼭꼭 씹어
먹어요 도무지 읽히지 않는 당신의 마음 어쩜 좋
아요 외로운 K는 자꾸만 극장 앞에서 서성거리고
방금 지나간 애인의 빨간 우산은 안 보이나요 판
결문, 제발 읽지 마세요 개 같은 세상이에요

당신을 뒤척이다 잠이 오지 않는 밤
거역할 수 없는 냉장고 문을 열어 또 열어
당신이 던진 사과를 우적우적 씹어 먹어요

2부

여름의 지문

거미

외눈박이로 태어났지만
볼 건 다 보며 산다

침 공글리며 실을 자아
공평한 이부자리 펴면

끈끈한 맹목의 사랑
헤어날 줄 모르는 늪

여름의 지문

농약 한 번 안 하고 제초제 한 번 뿌리지 않아
묵정밭 100평 남짓 콩씨 뿌려 노루 다 먹이고
구구구 산비둘기가 수지타산 셈하는 오후

무너진 돌담 기대 앉아 손바닥 지문을 읽네
어디서 찔렸는지 엇갈린 사차선 도로에
길길이 가시가 박혀 노안의 한숨이 깊네

암만 봐도 내 지문은 역주행의 고갯길
밑돌 빼서 윗돌 괴는 햇살론의 빚더미
생명줄 간신히 이어 사람人자를 그리네

곡예사의 첫사랑

빛이 있는 곳이라면 고압선을 마다할까
온 동네 방화곤충 쥐불놀이로 밤을 새울 때
허공에 자맥질하던 호박순이 있었지

거꾸로 매달려도 사남매만 살린다면
마흔 살 어미호박 심줄 같은 일념으로
골목 안 전봇대 위를 온몸으로 휘감던,

살 만큼 살았어도 줄타기는 끝이 없네
팔순 늦가을에 회춘하듯 되감겨오는
어머니 가요무대는 이십 년째 그대로네

아버지의 주행

오일륙 그 길의 안개는 쿠데타의 서막

거듭된 낮술 한잔에 세상이 온통 흐려지고 잠 깨
면 수치만 남는 그런 오욕의 길 산 하나 사이에 두
고 햇살과 비, 불빛과 어둠 도무지 알 수 없는 어
제의 필름에서 기필코 잊지 않았던 상도리 516번
지 공포와 권태 사이에 술병 하나 마주하고 간신
히 보이는 반딧불이 주춤거리다 끝끝내 쉰넷에 안
전벨트 풀리고 말았지 제주대 앞 사거리 그 소나
무처럼 쥐도 새도 모르게 떠났다지

아무도 책임지지 못한 사삼둥이의 최후였다지

행숙이를 찾습니다

양마단지 과수원 창고에 세들어 살던
물매화 입술처럼 웬만하면 입 다문
고집 센 반곱슬머리 행숙이를 찾습니다

행숙이는 까마귀 소년 땅꼬마를 닮아 곁눈질 사팔
뜨기 흉내를 잘 냈다지요 지렁이 꿈틀거리는 흙도
파먹었대요 행숙이가 말몰레기가 된 것은 아마도
모래기도* 냇가에 물이 넘쳤을 때 울음도 같이 터
져서 누군가 댐을 쌓았기 때문이에요 과수원집 주
인 딸이 아버지의 술주정에 놀라 발작을 일으킨
후, 술로 채운 아버지의 삶도 무너질 것 같아 눈매
고운 할머니가 글쎄, 행숙이의 입을 틀어막았대요
그 후로 행숙이의 목소리를 들은 사람은 아무도 없
대요 바지락 꼭 다문 입술 행숙이를 찾습니다

피에스, 찾으신 분은 나를 찾는 여행 티켓 한 장

* 모래기도: 서귀포시 하례리에 있는 냇가 이름.

관음중

오래된 잠버릇 같은 뒤척임 저 너머
두 발 두 손 다 들어도 짓밟힐 순 없다는
한사코 사생결단의 몸부림이 있나니

문지방 앞에 두고 숨 한번 참고,
신문지 뭉치 들고 벌벌 떠는 속없음이여
참말로 나의 천적은 내 안에서 꿈틀거려

발걸음 떼다 말고 숨 한번 내쉬고,
등이 바닥을 치니 길이 우뚝 솟아올라
아, 저기 꼬리 감추고 바퀴벌레 승천하네

그녀의 첫 시집에 부쳐

내 친구 영숙이의 첫 시집 받아안고
갓길에 차 세워 일흔 밤의 백야를 읽는다
책갈피 마디마디에 툭툭 떨어지는 시의 눈물

이십 년 남편 병수발에 끝내 장수가 되었구나
무작정 달려드는 생의 파도에 물로 칼 베는,
육팔년 산전수전이 무르팍을 탁 치네

그녀의 프사

매일 아침이면 배달되는 그녀의 카톡카톡
달콤한 이모티콘 속에 말벌이 기웃거린다
누군가 싫어요 누르면 콕 쏘아버릴 것 같은,

겉치레도 지나치면 걸레가 되는 법
화장 뜬 얼굴 이제 지워도 좋으련만
벌겋게 부풀어 오른 그녀의 뒤꿈치

시간제 월급 타서 양손 가득 종이가방
구제패션 구찌 까르피 버버리 루이비통
빈수레 카카오 스토리 먼지 나는 번지점프

이제 그만 셀카는 그만
너의 생은 소비되고 있어
아주 작은 몸짓으로 존재하기로 약속해
나답게 산다는 것은 아무 것도 안 되는 거야

칠성무당벌레

나뭇잎 한 장 깔아놓고 줄줄이 알을 낳아
제 새끼 제가 잡아먹는 저 무당년 보소
당신의 사주팔자는 평생 빌어먹을 팔자라오

빌어먹는다는 것, 참 좋은 말이지
눈가에 등 뒤에 일곱 개의 까만 점,
누군가 토해놓고 간 공의 무게를 짊어지고

여름날 풀섶 양지에 몸을 누인 짧은 휴식
억새 뿌리 끝에 알알이 식솔들 거느리며
당신의 모진 칠성판에 대못을 박는구려

소통

무허가 단지 떡집 여자가 비를 쓸다 씨부렁댄다
"누가 계단에 오줌을 쌌대?"
백삼호 배달총각이 대답한다
"느에미씨발"

각주

누군가의 손금을 읽는 데 매번 실패하고
이해할 수 없는 표정에 매번 긁적이고
당신이 건너왔던 길 나무의 수액 빨아먹으며
겨우 한 글자 해독하고 나면 또 아지랑이
태어나긴 하였으나 죽기도 하였으나
소문만 무성한 여백 점 하나면 족할 것을

루프를 꺼내며

병원 진료 앞두고 립스틱을 바른다
처녀 때도 한 번 바르지 않았다는,
열입곱 사진 한 장에 핏기가 돈다

첫 경험처럼 심장의 중심이 파르르 떤다
눈에 보이지 않는 점 하나, 얼마나 클까?
한때는 두꺼비 같은 아들 낳았다 좋아했지

점 하나가 아이가 된다
아이는 눈엣가시다
가시가 눈에 들면
못 볼 것을 본다

어머니의 배는 자꾸만 부풀어 올라
그때 그 치어들이 고래가 됐을지도 몰라
행여나 물고기 새끼 낳을까 오금 저린다

수술실 차가운 매트에
오르기 전 소변을 보고
티슈에 입술을 포갠 후
손거울을 본다

빠알간 금붕어 한 마리
제 살 다 깎아먹은,

철커덕 철문이 열리고
저들끼리만 알아듣는
수어들의 난무

임계점을 알 수 없는
파도의 시간이 흐르고
드디어 머리가 나온다

삼십 년 잊고 산

갈고리 같은 물음표 하나

수문이 열리면서

대답도 함께 나온다

당신이 아껴둔 슬픔은 바로 당신이라는 것

독거노인 말자 씨

제대병원 응급실에 앉아 당신의 손을 꼭 잡았습니다
수건 한 장 양말 한 켤레만 부탁한다고 전화왔을 때
오지랖 치약까지 넣어 봉투를 건넸습니다

병원 뜰의 철 지난 단풍이 당신 손처럼 성겼습니다
손에 물 마를 날 없이 살았다는 당신
말년에 혼자 된 몸으로 수술대에 오릅니다

먹은 것 다 토하고 젖은 손으로 머리를 쓸며
누렁이 밥은 어떡하나 걱정하는 당신
고장 난 당신의 간 쓸개는 누가 걱정해주나요

수술실에서 나온 의사가 딸이냐며 묻습니다
보호자 대신 내가 왔다고 우물거립니다
의사는 당신의 배를 그냥 닫았다고 합니다

3부

손바닥선인장

마른 꽃

한창 피어날 무렵 온몸을 동여매고

혈 자리 숨 자리 덜커덕 막혀버리고

콧구멍 하나만 열어 모질게 견디는 생

거덜 난 살림살이 일으켜 세운 죄로

가뭄에 콩 나듯 드나드는 바람의 자식

아이야, 이만하면 됐다 저 호스 빼어다오

나팔꽃 아침

눈인사 한 번만으로 모가지를 휘감는 버릇

어쩌다 스친 손길에도 마음 빼앗기고 마는

선천성 애정결핍 그녀가 담벼락에 산단다

절대음감 아니어도 하늘의 음계에 맞춰

거꾸로 매달려서도 손나팔을 부는 그녀

이 아침 눈을 부비며 빈 하늘을 휘감네

줄장미가 오른다

립스틱 색깔만으로
탈출 신호는 전해졌다

삼십칠 도 안팎
체감온도를 감내하며

다투어 벽체를 타고
줄장미가 오른다

갇혀 사는 게
로라만은 아니었지

"쾅! 쾅!" 여기저기
안방 문 박차는 소리

꽃들의 집단 탈출에
온 동네가 뜨겁다

50

감꽃, 눈에 익다

바람이 손끝마저 놓아버린 입하 무렵
곱은다리 감나무도 겨운 듯이 굽은 저녁
아기새 노란 부리로 감꽃들을 쪼았지

감꽃에 허기 달래던 내 아우가 생각난다
비 오면 빗길에서 고무신 접어 배를 띄우던
그 어느 감꽃 지는 밤 그 배 타고 떠났지

사람은 다 떠나도 감나무는 거기 있었네
이십 리 등하굣길 먼발치 눈인사처럼
귀 밝은 감꽃 하나가 손금 위에 놓이네

분꽃

막내이모 택일 앞두고
누구든 믿지 않았다

그믐 녘 분내 나는
그 처녀의 속내

덜커덩 첫아들 배어
오갈 때 없을 줄이야

가갸거겨 몰라도
별들의 이름 다 헤이며

어찌 잊겠는가
공무도하 공무도하

단 한 번 맺은 정분이
이토록 질길 줄이야

저녁밥 지을 때면
올레 길에 조촘 조촘

올 때가 됨신디
무산고 철홍이 아방

칠십 년 돌담에 숨어 핀
붉디붉은 그 단내

사 라 진 계 절

오름의 끝자락에 있는 듯 없는 듯
고사리 밭 덤불 속 꿩코 놓은 그 틈에서
제비꽃 푸른 입술엔 시름들이 맺혔고,
빗속에 팥죽 끓듯 꿩꿩 까투리 울음이
움푹움푹 화산회토에 박히는 사월
그 옛날 공동우물은 어디론가 사라지고,
검은 눈 말똥버섯이 뜬눈으로 버티고 있는
수기동 물 터진 굴왓 내 유년의 빈터에
대숲의 슬픈 허밍이 지평선을 허문다

순비기꽃

오는가 가는가 말도 없이
모래땅에 비스듬히 누워

밀물 썰물 쓰다 달다
군말 일절 없이

치마폭 칠삭둥이만
매일 낳고 있네

어머니의 텃밭

문지방 넘을 때마다 자불락 자불락
어깨 무릎 파스 파스 복대 둘러차고
며칠째 오줌소태에도 마스크 끼고 나와
첫서리 오기 전에 월동배추 북돋아주고
달팽이들 양은냄비 지고 가는 길을
굴갱이 톡톡 튕기며 들으라 들으라
온다온다 연락해놓고 일절 소식 없는
무정한 큰딸 샛년 막둥이 가뭇없는 아들
마당의 하나 남은 감은 잘도 잘도 익어갑니다

선흘 동백

밤새 함박눈 내려
집집마다 송이 송이

아직도 부끄러운
산목숨들 널려 있어

길 가던 올레꾼들이
자꾸만 쳐다보고

발 동동 구르며
보초 서던 누이들

오줌 지리며 얼어붙은
허연 정강이 사이로

열두 살 말몰레기가
발만 총총 굴렀답니다

꽃의 아가미

뙤약볕에 시들시들
말라가던 나팔꽃이

참식나무 옆구리에
발가락을 걸었다

당신이 내 발목 잡고
놓아주지 않았듯이

오몽해사 산다
오몽해사 산다

한사코 바람의
지느러미 까불리며

수천의 지하 암반수
온몸으로 끌어올린 생

스무 날째 계속되는
폭염주의보

바람이 구름을 만나
이슬 한 방울 빚었듯이

마른 꽃 아가미를 벌려
바람을 빚고 있다

하도리 수국

홀홀단신 바다를 넘어 일가를 이뤄 산다는 것
맨발 맨주먹으로 식솔들 배 굶기지 않으려면
빗물로 배 채우면서 삼백육십오일 기었습니다

비가 오면 물에 들고 비 그치면 밭에 들고
봄 나면 고사리밭에 여름 나면 콩밭에
고봉밥 한 그릇 먹기가 하늘에 별 따기

가지 하나 뻗어 싹 하나 틔우고
가지 두 개 뻗어 꽃 피우고
가난에 헛배 키우며 뿌리 깊게
내
 렸
  습
   니
    다

손바닥선인장 · 1

-혼밥

자꾸 고향을 묻지 마세요 저기요, 붉은 백반

바람 따라 물길 따라 남으로 남으로 흘러온 것이
월령리 바닷가 어디든 살면 제 집이죠 피붙이 품
에 안은 적 없으니 제삿밥은 안 먹어도 배불러요
가시나 좀 빼주세요 돋보기는 필수예요 이 구석
저 구석 어디 한 군데 성한 곳 없으니 평생 침 꽂
고 살았어요 침 바르지 마세요 구질구질해요 도망
쳐 나온 길이 구만리예요 하룻밤 만리장성 쌓아본
들 정 붙이고 사는 일은 하나님 뜻인 걸요 아니,
아니, 백년 만년 살 생각 없어요 딱 한 번 털갈이
하고 싶은걸요 가죽은 꽃잎 기워주고 살은 고양이
떼어 주고 이름은 쓰고 싶어요 내 이름 석 자

한 번도 머리 풀어본 적 없었다
손바닥에 시침 꽂아놓고 먼바다 향해
온종일 웅크린 채로 헛꿈 꾸며 살았다

61

손바닥선인장 · 2
-담대한 슬픔

비 오는 날 민박집의 하루는 길다
담 위에 소라껍데기 줄줄이 우산 받쳐
물에 든 낯익은 목소리 귀 기울인다

나비떼 멀리서 다가오고
딱 한 망사리만 거두고픈
마지막 해녀는 심장을 접어
자맥질이 한창이다

밥과 자유의 꽃
숨비소리
호
　　이
　호
　　이

갯바위에 붙은 선인장 식솔들은
붉은 나팔 불며 만선가를 부르고
마침내 상군해녀가 깃발 들어 올린다

손바닥선인장 · 3

-그녀의 유서

오십촉 등불 아래
벗어 놓은 버선 그대로

얌전히 포개 놓은 이불
양은냄비의 죽 한 그릇

길 잃은 들고양이가
아영아영 울며 가네

바람이 먼저 운다
판포에서 우는 바람

서른다섯 올레 허물고
피붙이 따라 온 설움

관통한 턱관절 외마디소리
"쥐약 줍써"

손바닥선인장 · 4

-9월 7일

서둘러 막차 타고 아무렇게나 떠난 바다
텅 빈 버스 서쪽으로 달려 월령리에 내리고
민박집 돌담 위에 핀 노란 촛대 하나

가신 날 기리기 위해 하루 먼저 도착한 바다
언젠가 꼭 한 번은 찾아 뵙는다 약속했지
행여나 담 밑에 앉아 기다리실까 두려워

발소리 숨죽여 그 집 앞을 들여다보니
늙은 개 한 마리 턱 괴고 누워
가시 든 손바닥선인장 혀로 쓸고 있었네

누운 나무

무릎 꿇었다고
빌고 있는 것은 아니다

손지오름 구릉지
큰 바위 옆에

일가를 이루지 못한
누운 나무 한 그루 있다

궨당 없는 제주 사람처럼
누운 나무도

비빌 언덕 없이 사는 게
파도타기 같아

아무도 받아주지 않는
바닥의 곤두박질

치욕보다 더한 이별에
번번이 속내 감추며

누운 나무 뼈를 땅에 박고
싹 하나 틔운다

힘든 날 함께 살자며 개미들이 이사를 온다

4부

튼튼한 하루

우도 가는 길

다섯 시 삼십 분
파랑호에 몸을 싣는다

막차를 탄 조바심에
뱃멀미 너울너울

칼집 낸 물비늘 사이
낯선 내가 보인다

구두

선물로 받은 구두 상품권 한 장 들고
에스콰이어 동문점 거울 앞에 섰다
부은 발 완강히 버티며 좀체 말이 없다

요즘 유행하는
코 뭉툭한 금장 낮은 굽
허리 세우며 왼쪽으로 고개 돌리는데
복사뼈 금 가는 소리 뽀지지 뽀지직

겨우 3cm 섰을 뿐인데
바람 든 내공이 들키고 말았다

이마에 땀이 흥건하다
내가 나로 서지 못한 죄

발냄새 번지기 전에
급히 매장을 빠져나왔다

이별하러 갑니다

지난봄부터 이날을 기다렸습니다

햇살이 빛나면 바다는 눈부시게 슬프고

사랑도 불타오르면 제 빛을 잃어버려

아침마다 당신이 내 이마에 성호를 긋고

늦은 귀가로 유튜버 목청이 커질 때

하현달 왼쪽 눈썹이 하얗게 둥글었습니다

시월의 발등이 찌르레기 찌르레기 울고

너무 오래 기다려 뒷목이 푸른 당신

덕분에 사랑합니다 그러니 부디 안녕

공한지의 밤

올해도 여지없이 울음방을 차렸구나
울고 싶은 이들 하나둘 불러 앉혀
초식성 목청들끼리 꾸역꾸역 꺼억꺼억,

먼저 간 선배는 어느 별에 닿았는지
누구도 그의 손을 잡아주지 못했다기에
후렴구 한목소리로 해방가를 부른다

들녘에 묻혀서도 막살지 않은 저들
한 음보 한 구절씩 음정박자 또박또박
하얀 밤 갈라진 박꽃이 심지들을 모은다

중년의 노을

비 그치자 바다도
입술선을 고친다

메마른 젖통
살짝살짝 끌어당기며

푹 파인 주름 사이로
허연 포말 덧칠하고

저녁밥 대신 발아래
시름 하나 던져놓고

별처럼 눈물처럼
흐릿흐릿 쓰는 하루

새들도 대열을 따라
젖은 깃털 세우고

이쯤에서 내려놓자
밤마다 제 살 깎던,

깎아도 깎아도
원점으로 돌아오는

기억의 원담 밖으로
이제는 비상할 시간

가구 이력사

문턱 낮은 우리 집 무늬 다른 장롱 형제
윗목과 아랫목 단 한 치도 허락지 않고
십 년째 마주한 채로 여태 삐걱거린다

장롱을 열고 보니 방충제 서러운 향
새마을 가족사가 고스란히 묻어나는
섬유질 끈끈이 정이 겹겹으로 쌓인 삶

강산이 바뀌어도 멍 자국은 남았구나
뜨거운 발도장이 증서처럼 찍힌 자리
사각 진 햇살 한 평이 장판지를 펼친다

통리역에서

태백고개 넘어 도계로 향하던 길
바위산 너와집이 비늘을 벗는 그 길
검버섯 자작나무가 막 스치고 지났다

저 멀리 연화반점 간판불이 켜질 때
앉은 채 졸고 있는 간이역 의자 위로
폐광촌 검은 단풍이 하나둘씩 내리고

어디서 본 것 같은, 꼭 어디서 만날 것 같은
협곡 사이사이 스위치백 멎는 지점
벌겋게 녹이 슨 시간도 함께 멎어 있었다

강정 · 1

-입초(立哨)

어느 해 어느 마디
바람 잘 때 있었을까

툭 하면 부르튼 살갗
황갈색 울음이 돌고

눈 속에 겨울을 감추고
아무 일이 없단다

여름내 바다 향한
고갯짓이 바쁘더니

입은 채 잠든 나무,
정녕 꿈은 있을 거야

그늘진 영혼의 자리
쓰다듬기 바쁘다

강정 · 2
-삼거리 식당

그래도 견디기 위해
쌀을 먼저 씻는 하늘

"법보다 밥"
다짜고짜 꽃부터 쓰는 마음

겨우내 보초 서던
노란 깃발 펄럭인다

강정 · 3

−불귀(不歸)

은어떼 사체 따라
흐르는
꽃
     잎
꽃
     잎

받을 만큼 받고도
사랑이 고픈 시간

대 끊긴 강정 바다가
가슴을 긁어댄다

겨우살이

나무들도 털갈이하는지
허연 비듬 털어내고

눈 부비며 겨드랑이 긁는 소리,
단 한 번 지상에 뿌리 내리지 못한,
옷 솔기에서 툭툭 떨어지던 머릿니 같은,
다투어 아랫니 윗니 파고드는 젖니 같은,
눈에 넣어도 안 아프다는 말엔 젓갈 내가 나고
발맞춰 누운 발가락들 사이를 빠져나와 시멘트 블록
스무 장 바람막이 삼아 삶은 빨래 두드리듯 자판
두드리던,

참말로, 그해 아홉수는 겨우 살아낸 계절이었네

튼튼한 하루

고추 모종 세 개 심고 돌아앉으며 어머니는
아이고 덩드렁마께*, 튼튼해감쪄 튼튼해감쪄
물 젖은 솜이불 끌며 호스를 끌어당긴다

중천에 뜬 묶음의 시간은 여지없이 또각또각
쟈네딜 저 베세 다 카불켜 다 카불켜
뼈마디 으스러지며 타닥타닥 불 붙는 소리

손우물 적신 고추모종 입매가 배시시
아이고 나 떨 착허다 과짝 사불라이
튼튼한 덩드렁마께 혼잣말로 바닥을 짚네

*덩드렁마께: 방망이의 제주어.

팔순의 대파

전화벨은 목젖에 걸려 아침부터 가르랑대고
첫차 타고 어머니는 터미널에 내리시고
북받친 잦은 기침에 아랫도리 홍건하다

한의원 대기실에 할머니 서넛 마주 앉아
눈가에 글썽이는 저승꽃을 바라볼 때,
그것은 어떤 말보다 차라리 기도 같다

번호표 꼭 쥔 손이 바지춤을 올린다
정강이 흰 뼈와 푸르른 날의 골다공증
눈칫밥 쪽잠의 생이 주춤주춤 저문다

이월

산더미 몰고 오던
대설경보 해제되고

아득히 까마귀 행렬
산으로 고개 돌리면

일제히 적송그루에
눈 털어내는 소리

다투어 눈밭에 술잔을 올리고도
속내를 먼저 여는 모진 마음 없이
복수초 노란 콧등에 하얀 김이 서린다

단식 일기 · 1
-쇠무릎 앞에서

여러 달째 잔고는 비고 전화벨 소리 끊긴 지 오래
책 보따리를 비우고 호미 낫 챙겨 길을 나선다
묵정밭 풀 무더기에 주저앉은 긴 그림자 너머

매미는 큰이모처럼 메께라메께라 울고
잔뜩 골이 난 검은 뱀이 혀를 날름거릴 때
무릎은 제 안에 흐르는 물 소리에 귀 기울인다

두 다리가 있다고 마냥 걸을 순 없는 법
생의 마디마디에 바람 든 사랑 가여워
쇠무릎 붉은 뺨 부비며 너를 잊기로 하네

단식 일기 · 2
-동굴벽화를 읽다

스무 하루째 굶고 있다
한 끼 굶어도 휘청하던 내가
된장차 한 잔으로도 두 눈 맑아졌다

아침저녁 하루 두 번
소금물로 내 안을 씻는다
오늘은 염소 눈알이 썰물에 밀려나오고

해독할 수 없을 거라
완전범죄를 꿈꾸었던
폭식의 비루한 날들이 두루마리째 풀린다

방부제 쑤셔 넣었던
알고도 모른 진실들이
끝내는 석화로 피어 온몸에 퍼진다

낙선동 스케치

밤새 안녕을 묻기에는 너무 이른 아침
오라는 사람 없어도 발길이 가는 대로
어느새 나의 목마는 불칸낭을 지납니다

낮은 밭담길 친환경 귤이 노릇노릇 익어가고
주인 없는 집 귀 밝은 개가 컹컹컹 짖어대고
길 잃은 신발 한 짝이 담 옆에 젖었습니다

쪼르르 손 잡고 학교 가던 봉숭아꽃들이
초보운전 백미러에 손수건을 흔들더니
삼나무 하눌타리가 쿵 하고 떨어집니다

공손한 하루

누구든 나무 앞에서는 미필적 고의 현행범이다

등 가렵다고 나무에 엉덩이를 비벼대는 모자 쓴 철물점 오씨는 상습적 성추행범 간밤에 부부싸움을 했는지 102동 남자는 아침부터 슈퍼마켓에 들러 에세라이트 한 갑 사서 피우다 나무 밑동에 꽁초를 비벼 끈다 퉤, 끈적끈적한 가래침이 방금 싹을 틔우려던 나무의 심장에 박힌다 너는 애비에미도 없는 놈이야? 수능 3일 앞두고 쌍꺼풀 수술 한 양장점집 딸이 쿵 하고 나무 앞에서 넘어진다 에이 씨발 썬글라스, 그러니까 비싼 걸로 사주라고 했잖아 홈쇼핑 사은품으로 준 기 끼는 애가 어딨어 지랄, 니가 벌어서 니가 사 시험 볼 거야 안 볼 거야? 몰라 시험 보면 뭐 해 대학 안 갈 거야? 대학 가면 뭐해 너 나 죽는 꼴 보고 싶어? 보고 싶어

막말은 막말끼리 모여 까치집을 짓고 산다

직립의 시

11월 11일 아침
진눈깨비가 내립니다

비도 눈도 되지 못한
내가 되지 못한 사랑

소설을 너무 많이 읽어
삶의 바닥을 짚지 못했습니다

나를 열고 싶어
안달이 나던 당신

뒤꿈치를 더 세게 누르고
손뼉을 더 많이 칠 것을

막다른 골목길에서
두 손을 합장합니다

봄 안개

하나가 되기 위해
몸을 먼저 허무는 하늘

산과 들 다 적시고
현관까지 찾아온 봄이

겨우내 안으로 걸었던
정낭 문을 열란다

발문

강은미의 비밀 상담소 창문에
드리워진 보라색 커튼
_ 현택훈(시인)

강은미의 비밀 상담소 창문에
드리워진 보라색 커튼

강은미 시인의 비밀 상담소는 어디에 있을까. 달리도서관에 있을까. 인문숲이다 사무실에 있을까. 제주대학교 사회교육대학원에 있을까. 이 시집을 읽으면 그 비밀 상담소를 찾을 수 있다. 이 시집이 그 상담소에 가는 문이 될 수 있을 것이다. 이 시집 『손바닥선인장』을 읽으면 상담사의 목소리가 들린다. 그것은 강은미 시인의 노래이다. 노래로 만든 세계에서 흘러나온 언어이다. 수간호사 같은 믿음의 목소리이다.

강은미 시인의 두 번째 시집 원고 뭉치를 나는 무슨 처방전처럼 들고 다녔다. 시집 원고를 서귀

포 항구 근처 찻집에서 앉아 읽는데 어느새 바닷물이 내 복숭아뼈를 적시고 있었다. 나는 출렁이는 찻집에서 나와 길 건너 보라색 건물에 들어갔다. 그곳에 강은미의 비밀 상담소가 있었다. 그 상담소에 다녀온 후에 그녀의 테라피를 기록해 둔다. 임상 실험에 참여한 소감문인 셈인데, 운명의 늪에 빠져드는 부작용이 있을 수 있으니 슬픈 노래만 들어도 눈물을 흘리는 사람이라면 약물 과다 복용을 주의하시라.

강은미 시인 하면, 이선희의 노래 '한바탕 웃음으로'가 떠오른다. 그녀는 잘 웃는 시인이다. 지난 삶을 돌아보면 결코 웃을 수 없는 지경이지만, 웃는다. 우리가 액운을 물리치기 위해 고수레를 하듯 그녀는 웃음소리로 주위를 밝게 만든다. 어쩌면 그것은 중년의 시인이 고통의 현실을 버텨내는 방법인지도 모르겠다.

첫 번째 시집 『자벌레 보폭으로』(한국문연, 2013)

에 이어 8년 만에 두 번째 시집『손바닥선인장』을
상재한다. 첫 시집에서는 정교하면서도 감정이
웅숭깊은 시를 보여줬는데, 이번에는 우리의 어깨
를 두드리며 위안을 주는 노래를 펼쳐 보인다. 두
권의 시집으로 시적 원숙미를 보여주기가 쉽지 않
은 일인데, 강은미 시인은 술술 자연스럽게 읊는
다. 그러면서도 탄탄한 시 구조를 잃지 않는다.

　강은미 시인과의 첫 만남은 제주시청 부근 어
느 막걸리집이었다. K 시인의 전화를 받고 나간
자리였다. 비가 왔거나 날씨가 흐렸던 것으로 기
억될 정도로 스산한 분위기의 저녁이었다. 나는
초등학교 방과 후 강사를 하면서 근근이 생활을
버티던 무렵이었다. 가난했고, 미래에 대한 희망
도 보이지 않던 시절이었다.

　강은미 시인에 대한 첫인상은 시조를 쓴다는
말을 듣기 전부터 평시조 같은 단정함이 있는 사
람이었다. 눈빛에는 강인함이 있었지만, 말은 부

드러웠다. 시를 쓴다고 했다. K 시인이 나를 부른 까닭을 알 수 있었다. 시에 대한 얘기가 오갔고, 그 순간만은 생활의 어려움을 잊을 수 있었다. 손위 누이처럼 마주 앉아 나를 안쓰럽게 바라봐 주는 것만으로도 위로가 되었다.

그날 이후로 셋은 종종 만나 술을 마시고, 노래방까지 갔다. 강은미 시인은 전유나의 노래 '너를 사랑하고도'를 곧잘 불렀다. "너를 사랑하고도 늘 외로운 나는/ 가눌 수 없는 슬픔에 목이 메이고/ 어두운 방구석에 꼬마 인형처럼/ 멍한 눈으로 창밖을 바라만 보네"라는 노랫말과 잘 어울린다. 마이크를 두 손으로 잡고 다소곳하게 노래를 부른다. 특히 "저 산 하늘 노을은 항상 나의 창에/ 붉은 입술을 부딪쳐서 검게 멍들고" 부분은 '노을'을 좋아하는 강은미 시인에게 딱 맞는 노랫말이다.

그 후 몇 해 지나지 않아 『현대시학』으로 등단했다는 소식을 접했다. 그래서 또 축하하는 자리를 만들어 막걸리를 마셨다. 또 노래방에 갔는데, 강은미 시인이 양희은의 노래 '사랑 그 쓸쓸함에 대하여'를 불렀다. 예의 노래만큼이나 그녀의 마음을 대신해 주는 노래로 제격이었다.

　사석에서 들은 그녀의 유년 시절은 가난과 이사로 집약된다. 살 곳이 넉넉하지 않아 이사해서 살 궁리를 마련해야 했던 시절이었으리라. 제주도 동서남북을 돌아다니며 이사를 하는 통에 전학을 자주 가게 되었고, 그로 말미암아 벗을 잘 사귀지 못해 말몰레기가 되었다고 한다. 그런 유년의 슬픔이 내재된 시들이 곳곳에 보인다. "빌어먹는다는 것, 참 좋은 말이지/ 눈가에 등 뒤에 일곱 개의 까만 점,/ 누군가 토해놓고 간 공의 무게를 짊어지고"(『칠성무당벌레』)에서 보듯 자신의 운명을 받아들이면서 주위 사람들을 '식솔들'로 여기며 정을 나눈다.

　"음소거를 해제한 식당 밥의 웅성거림/ 칸막이

너머의 뒤꼍, 너의 목소리 들려"(「알아차림」)라고 말하는 강은미 시인은 알아차리는 능력을 지닌 시인이다. 그녀는 내게 관찰일기로 글쓰기 연습을 한다고 밝힌 바 있다. 첫 시집에서 관찰자의 자세를 보여줬다면, 두 번째 시집에서는 상담사의 모습을 보인다. 실제로 그녀는 상담사의 면모를 갖췄다. 그녀는 인문학과 관련한 강의를 하면서 책을 통한 상담사 역할을 수행 중이다. '치유 글쓰기'라는 이름으로 프로그램을 열기도 한다.

"한사코 달려드는 바위/ 파도처럼 콱 깨물지 그랬어"(「죽음의 연대기·4-주검의 택배」)라는 표현의 감각적인 슬픔을 느끼는 우리는 「죽음의 연대기」 연작시를 통해 여러 유형의 죽음 사이를 지나야 하는 목숨을 생각하게 된다. 강은미 시인은 이미 첫 시집에 수록된 시 「달이 한참 야위다」를 통해 계절의 비극성을 노래했는데, 죽음이 끝이 아니며 살아있는 사람들에게 '관성의 법칙'처럼 유지하게 하는 시간을 '거짓말'처럼 살아야 하는 거라고 "당신은 거짓말처럼 여기 없고 나만 커피를 타"(「죽음의 연대기·2-관성의 법칙」)는 정적을 노래한다.

나는 아내와 함께 정식으로 강은미 시인에게 상담을 받은 적이 있다. 그녀의 상담실 서가에는 『실비라 플라스의 일기』, 『빵굽는 타자기』, 『아미엘의 일기』 등의 책들이 스스로 빛나고 있었다. 강은미 시인은 자기 안의 웅성거리는 목소리에 지쳐갈 무렵 발견한 책이 줄리아 카메론의 『아티스트 웨이』였다고 한다. 글쓰기가 갖는 고백의 성질을 통해 마음의 치유를 찾는다고 했다. 그녀는 다정하면서도 냉철한 상담사가 되어 부부의 문제를 진단하고 시적 처방을 내놓았다. 시가 내밀한 언어로 이루어졌기에 강은미 시인의 이번 시집을 읽는 것은 비밀 상담소에서 상담을 받는 것과 같다.

나는 이번 시집에서 시 「얼음땡」에서 오래 머물렀다. "문득, 나와 함께 얼음땡놀이 하고 싶다"라고 했는데, "너와 함께"가 아니라 "나와 함께"이다. 이는 시 읽기와 닮았다. 결국 시는 나의 마음을 읽는 일 아닐까. 나의 상처와 만나는 일이다. 우리는 시를 읽을 때 '얼음땡놀이'를 하는 것이다. "너무 빨리 뛰면 얼음/ 너무 느리게 물러서면 땡" 간극을 유지하면서 "한 번도 술래는 나를 잡지 않고" 이 고독의 시간을 견뎌야 한다. 그리하여 이 시의 마지막 행 "조금은 외롭고 황홀한 그림자이고 싶다"라는 문장이 빛난다.

이 시집은 시조의 운율을 바탕으로 한다. 강은미 시인의 시조는 정갈함과 감각을 동시에 지닌 견고한 울림을 준다. 예를 들어 "대숲의 슬픈 허밍이 지평선을 허문다"(「사라진 계절」) 같은 표현은 수굿한 보폭으로 우리에게 다가온다. 이 외유내강의 템포를 지닌 강은미 시인은 아무리 큰 파장이 와도 의연하게 다독일 제주 할망이 되어간다.

이 시집에는 '손바닥선인장'을 비롯해 여러 식

물들이 등장한다. 시「분꽃」으로 "붉디붉은 그 단
내" 나는 사람의 일생을 보여주고, 시「순비기꽃」
에서는 제주도 어머니의 전형을 보여준다. 그래
서 이 시집을 읽다 보면 3부에 이르러 눈물이 나
지 않을 수 없다.

　시「선흘 동백」은 오래 옆에 두고 읽고 싶은 작
품이다. 4·3 당시 보초를 섰던 아이와 부끄러움 많
던 시인 자신의 유년을 무심하게 오버랩하는 작품
이다. "밤새 함박눈 내려/ 집집마다 송이 송이
/ …… / 오줌 지리며 얼어붙은/ 허연 정강이 사이
로// 열두 살 말몰레기가/ 발만 총총 굴렀답니다"
시공을 넘나드는 이야기가 있다. 선흘은 강은미
시인이 새로운 거처로 모색 중인 곳으로 안다. 시
인이 선택한 땅은 동백이 별처럼 총총 피는 땅이
다. 어떤 아픔은 역사가 되는데, 강은미 시인은 시
를 통해 그러한 아픔도 끌어안는다. 제주의 이야
기를 어미처럼 품는 정조가 시집에 가득하다.

'꽃의 아가미'를 살피는 강은미 시인은 무명천 할머니로 알려진 진아영 할머니의 삶터가 있는 월령리에 오래 머문다. "가시 든 손바닥선인장"이 주는 상징성 때문이다. 진아영 할머니의 제삿날 하루 전에 찾아가 서성이는 강은미 시인. 개인의 아픔을 사회적, 역사적 아픔으로 받아들이는 시인의 마음이 「손바닥선인장」 연작시에 녹아있다. "길 잃은 들고양이가/ 아영아영 울며 가"는 마을, "가시 든 손바닥선인장 혀를 쓸고 있"는 그곳에서 차마 잡을 수 없는 손바닥을 마주한다.

강은미 시인의 두 번째 시집이 나온다는 소문을 듣고 어떤 사람은 시집이 너무 아플 것 같아 주저하게 된다고 말했다. 강은미 시인의 삶을 아는 사람이라면 그녀가 시를 진심으로 쓴다는 것을 안다. 진심으로 말하면 아프다.

제주도 가는 곳마다 같이 아파하는 강은미 시인은 강정을 그냥 지나칠 수 없다. 시인이 할 수 있는 것은 연작시라도 쓰는 일. 함께 아파하고 울어주는 것. 강은미 시인이 서성이는 곳은 "대 끊긴 강정 바다가/ 가슴을 긁어댄다"(「강정·3 -不歸」)와 같은 상처의 바다이다.

내 아내도 마음이 따가운 날에는 강은미 시인을 찾아가 이런저런 말을 늘어놓는다. 강은미 시인은 가만히 들어주다 몇 마디 거들어줄 뿐이다. 그러면 아내는 좀 진정이 된다며 살짝 웃는다. "하나가 되기 위해/ 몸을 먼저 허무는 하늘// 산과 들 다 적시고/ 현관까지 찾아온 봄이"(「봄 안개」) 안개를 끌고 와 우리 마음을 가득 채운다.

언젠가 내가 사는 구차한 방에 강은미 시인이 온 적이 있다. 낡은 카세트테이프를 뒤적이며 오래된 음악에 아파해주었다. 그 음악에 가득한 먼지를 햇빛 바람에 날릴 수 있게 강은미 시인이 내게 손을 내밀어 주었다. 옆에 있는 것만으로도 사람의 마음을 따뜻하게 만드는 강은미 시인이다.

다른 사람들을 위로하느라 정작 본인은 위로 받지 못하는 강은미 시인에게 하고 싶은 말이 있다. 슬픔이 밀물과 썰물로 오가는 거라면 이제 이 고통을 이불로 여겨보자고 감히 말을 건네고 싶다. 마음을 찌르는 가시가 있으면 어떠랴. 그 가시 박힌 채 살아도 괜찮다고 다독이는 상담사 같은 시인이 우리 옆에 있다. 이 시집을 가방에 넣고 아주 멀리 가서 낯선 저녁과 마주하고 싶다. 그곳에서 편지 대신 시를 노트에 꾹꾹 눌러 옮겨 쓸 날이 오기를 기다리며.